Johanna   Spyri

Vom This, der doch etwas wird

Erzählung

Johanna   Spyri

Vom This, der doch etwas wird
Erzählung

ISBN/EAN: 9783337352868

Hergestellt in Europa, USA, Kanada, Australien, Japan

Cover: Foto ©Andreas Hilbeck / pixelio.de

Weitere Bücher finden Sie auf **www.hansebooks.com**

Vom This, der doch etwas wird

Erzählung

Johanna Spyri

1. Kapitel

Alle gegen einen

Wenn man den Seelisberg von der Rückseite her besteigt,
kommt man auf eine frische, grüne Wiese. Man bekommt
fast Lust, sich dort unter die friedlich weidenden Tiere zu
mischen und auch einmal ein wenig von dem schönen,
weichen Gras zu kosten. Die sauberen, wohlgenährten
Kühe ziehen lieblich läutend immer hin und her. Denn jede
trägt am Hals ihre Glocke, damit man immer hört, wo sie
ist. So kann sich keine Kuh unbemerkt dorthin verlaufen,
wo die von Sträuchern bedeckte Felswand liegt, über die sie
hinunterstürzen könnte. Es ist außerdem ein ganzes Rudel
Buben dort, die schon acht geben können. Aber die Glocken
sind doch notwendig und tönen so freundlich hin und her,

daß keiner sie entbehren möchte. Am Bergabhang stehen hie und da vereinzelt die kleinen, hölzernen Häuser, und nicht selten rauscht daneben ein schäumender Bach ins Tal hinab. 'Am Berghang' heißt es hier oben und mit Recht, denn nicht eines der Häuschen steht auf ebenem Boden. Es ist, als wären sie irgendwie an den Berg hingeworfen worden und da hängengeblieben. Man begreift gar nicht, wie sie da oben an den Hang hingebaut werden konnten. Vom Weg unten sehen sie alle gleich nett und freundlich aus mit den offenen Galerien und der kleinen, hölzernen Treppe am Haus. Steigt man aber hinauf und kommt in ihre Nähe, so sieht man, daß ein großer Unterschied zwischen ihnen ist. Gleich die zwei ersten am Hang sehen in der Nähe ganz verschieden aus. Sie stehen nicht weit voneinander, und zwischen ihnen stürzt der größte Bergbach der Gegend, der schäumende Schwemmebach, hinunter.

Am ersten Häuschen blieben auch an den schönsten Sommertagen alle die kleinen Fenster immer fest geschlossen, und die einzige Luft, die hineindrang, kam durch die Löcher der zerbrochenen Scheiben. Das war aber nicht viel, denn die Löcher waren wieder mit Papier verklebt, damit man im Winter drinnen nicht frieren mußte. An dem hölzernen Treppchen waren die Stufen alle halb abgebrochen. Und die Galerie war so zerfallen, daß es ein Wunder war, daß alle die kleinen Kinder, die da herumrutschten und stolperten, nicht Arme und Beine brachen. Sie hatten jedoch alle gesunde Glieder, aber recht unsaubere. Die Kinder waren alle mit Schmutz überdeckt, und ihre Haare hatten noch nie einen Kamm gesehen. Vier dieser kleinen Schlingel krochen den Tag über da herum, und am Abend kamen vier größere Kinder dazu. Drei kräftige Buben und ein Mädchen, die auch nicht besonders sauber und ordentlich aussahen, aber doch ein wenig besser als die Kleinen. Denn sie konnten sich doch schon selbst

3

waschen.

Das Häuschen über dem Bach drüben hatte einen ganz anderen Charakter. Da sah es schon unten vor der kleinen Treppe so sauber und aufgeräumt aus, als sei der Erdboden ein ganz anderer als dort drüben. Die Stufen sahen immer so aus, als wären sie eben gescheuert worden. Und oben auf der Galerie standen drei schöne Nelkenstöcke und dufteten den ganzen Sommer lang ins Fenster hinein. Eines von den kleinen, hellen Fenstern stand offen und ließ die schöne, sonnige Bergluft herein. Dort konnte man meistens eine noch kräftig aussehende Frau sitzen sehen, mit schönem, weißem Haar, das sie sehr ordentlich unter das schwarze Häubchen zurückgestrichen hatte. Sie flickte gewöhnlich an einem Männerhemd aus grobem, festem Stoff, das aber immer sauber gewaschen war. Die Frau selbst sah auch in ihrem einfachen Gewand so adrett und reinlich aus, als wäre noch nie etwas Unsauberes an sie herangekommen. Es war Frau Vizenze, die Mutter des jungen Sennen, des fröhlichen Franz Anton mit den kräftigen Armen. Der machte den Sommer über in der oberen Sennhütte seine Käse, und erst im Spätherbst zog er wieder zur Mutter herunter, um den Winter bei ihr zu verbringen. Denn dann butterte er in der unteren Sennhütte, die ganz nahe lag. Da über den reißenden Schwemmebach kein Steg führte, waren die zwei Häuschen ganz getrennt. Und Frau Vizenze kannte Leute, die viel weiter weg wohnten, besser, als diese Nachbarn über dem Bach, zu denen sie nur etwa einmal am Tag stumm hinüberschaute. Gewöhnlich schüttelte sie dann in bedenklicher Weise den Kopf, wenn sie die schwarzen Gesichter und schmutzigen Fetzen drüben an den Kindern sah. Sie schaute aber nicht oft hinüber, denn der Anblick gefiel ihr nicht. Lieber betrachtete sie, wenn das Feierabendstündchen kam, ihre roten Nelken auf der Galerie oder sie schaute über den grünen, sonnigen Abhang hinunter, der vor ihrem Häuschen zum Tal hinabstieg.

Die verwilderten Kinder über dem Bach gehörten dem Hälmli-Sepp, wie er genannt wurde, der seine Arbeit außer Haus beim Holzfällen oder Heumachen suchte. Außerdem trug er auch Lasten den Berg hinauf. So war er meistens unten im Tal oder auf den Wegen in der Umgebung. Die Frau hatte genug daheim zu tun. Aber sie schien anzunehmen, so viele kleine Kinder könne man nicht in Ordnung halten, und später würde es dann von selbst besser. So ließ sie alles gehn, wie es ging. Und in der schönen, reinen Luft blieben sie auch alle gesund und munter und ließen sich's, auf dem Grasboden herumrutschend und krabbelnd, wohl sein. Zur Sommerzeit waren die vier Größeren den ganzen Tag draußen, um die Kühe zu hüten. Denn da geht es nicht zu wie auf den Hochalmen, wo die ganze Herde zusammen weidet und nur von einem oder zwei Hirten bewacht wird. Die Leute vom Berghang schickten ihre Kühe auf das umliegende Weideland hinaus und mußten sie hüten lassen. Das ist immer eine lustige Zeit für die Buben und Mädchen, die sich dort zu jeder Tageszeit zusammenfinden und allerlei fröhliche Sachen miteinander unternehmen. Manchmal waren die Kinder auch weiter unten im Tal bei der Kartoffelernte, oder sie verrichteten andere leichtere Arbeiten auf den Feldern. So verdienten sie dann den ganzen Sommer über ihren Unterhalt und brachten noch manches Geldstück nach Hause, das die Mutter gut brauchen konnte. Sie hatte ja immer noch die vier Kleinen zu ernähren und für alle acht die Kleider zu beschaffen. Wenn diese auch noch so einfach waren, ein Hemdlein mußte doch jedes haben und die vier Großen noch ein Stück dazu. Eine Kuh hatte der Hälmli-Sepp auch nicht, wie fast alle Bauern um ihn herum eine besaßen, wenn sie auch noch so wenig Land dazu hatten.

Hälmli-Sepp hieß der Mann deshalb, weil die Halme auf seinem Besitztum nicht dick genug waren, um eine Kuh zu erhalten. Er hatte nur eine Geiß und ein Stück Kartoffelland, damit mußte die Frau mit den vier Kleinen den Sommer über auskommen und auch hier und da noch eines der Größeren speisen, wenn es draußen keine Arbeit fand. Der Vater kam im Winter wohl dann und wann heim, aber er brachte wenig mit, denn sein Häuschen und Acker waren so verschuldet, daß er das ganze Jahr über etwas abzuzahlen hatte. Sobald er nur wieder ein wenig Lohn behalten konnte, kam einer, dem er etwas schuldig war und nahm ihm weg, soviel er fand.

So mußte die Frau mit den Kindern oft hungern. Sie selbst konnte keine Ordnung im Haus halten, und die Arbeit ging ihr nie so recht von der Hand. Sie konnte auch manchmal eine ganze Zeitlang auf der verfallenen, kleinen Galerie stehenbleiben. Anstatt zu arbeiten, schaute sie über den Bach zu dem schmucken Häuschen der Sennerin hinüber, dessen Scheiben in der Sonne glänzten. Dann sagte sie ärgerlich vor sich hin: "Ja, die dort kann schon putzen und alles sauberhalten, die hat sonst nichts zu tun, aber unsereiner." Dann ging sie wieder ärgerlich in die dumpfe, trostlose Stube zurück, und an dem, der ihr zuerst in den Weg kam, ließ sie den Ärger aus.

Das traf nun meistens einen Buben von zehn oder elf Jahren, der nicht ihr eigener war, aber schon seit seiner Geburt im Häuschen vom Hälmli-Sepp wohnte. Dieser kleine Bursche, von jedermann nur 'der dumme This' genannt, sah so mager und dürftig aus, daß man ihn kaum für achtjährig gehalten hätte. Er schaute auch so scheu und verschüchtert drein, daß niemand wußte, wie der This eigentlich aussah, denn er blickte immer furchtsam auf den Boden, wenn man zu ihm sprach. This hatte nie eine Mutter

6

gekannt. Sie war gestorben, als er kaum zwei Jahre alt war. Sein Vater war nicht viel später über die Felsen in die Tiefe gestürzt, als er vom Heuholen in den Bergen herunterkam und den Weg abkürzen wollte. Seit dem Sturz war er lahm und konnte nichts mehr tun, als kleine Matten zusammenflechten, die er in dem großen Gasthof oben auf dem Seelisberg verkaufte. Der kleine This hatte seinen Vater nie anders gesehen, als auf einem Schemel sitzend, eine Strohmatte auf den Knien. Alle Leute hatten ihn den lahmen Matthis genannt.

Schon seit sechs Jahren war er tot, und da er im Häuschen vom Hälmli-Sepp eine kleine Kammer als Schlafstätte mit seinem Büblein gemietet hatte, blieb dieser nach des Vaters Tod gleich an demselben Ort. Das wenige Geld, das für den kleinen This von der Gemeinde bezahlt wurde, war der Frau des Hälmli-Sepp sehr erwünscht. Und in die Kammer konnte sie nun noch zwei von ihren Buben stecken, für die schon lange fast kein Platz zum Schlafen mehr da war. Der kleine This war schon von Natur aus ein schüchternes und stilles Büblein gewesen. Seinem Vater, der erst seine Frau verloren, dann das große Unglück gehabt hatte, war aller Lebensmut vergangen. Und hatte er vor seinem Unglück wenig geredet, so sagte er nun fast gar nichts mehr.

So saß der kleine This ganze Tage lang neben seinem Vater, ohne ein Wort zu hören, und so lernte er auch lange keines sagen. Als er dann seinen Vater verloren hatte und nun ganz zu der Familie des Hälmli-Sepp gehörte, da redete er fast gar nicht mehr, denn er wurde von jedem angefahren und hin und her gestoßen, weil er sich nie wehrte. Zu all den Püffen, die er von den Kindern auszustehen hatte, kamen dann noch die bösen Worte der Frau, wenn sie den Ärger über das saubere Häuschen der Sennerin drüben hatte. Der This wehrte sich aber nie, denn er hatte das

Gefühl, die ganze Welt sei gegen ihn, und so nutze doch alles nichts. Nach und nach wurde der Bub so scheu und verschüchtert, daß man glaubte, als merke er kaum, was um ihn her vorging. Und meistens gab er auch gar keine Antwort, wenn man ihn anrief. Er sah überhaupt immer so aus, als suche er nach einem Loch, wo er in die Erde hineinkriechen könnte, daß ihn keiner mehr fände.

So war es gekommen, daß die vier Großen vom Hälmli-Sepp, der Jopp, der Hans, der Ulli und Lisi das schon manchmal zu ihm gesagt hatten: "Du bist doch ein dummer This", und daß es die vier Kleinen auch nachsagten, sobald sie nur reden konnten. Da sich der This niemals dagegen wehrte, so hatten nach und nach alle Leute angenommen, es werde wohl so sein, und er wurde weit und breit nur noch 'der dumme This' genannt. Es war auch so, als ob der This nicht arbeiten könnte, wie die andern es taten. Sollte er helfen, die Kühe zu hüten, und war er mit all den anderen Buben zusammen, so suchte er gleich eine Hecke oder einen Busch auf, um sich dahinter zu verstecken. Da saß er meistens zitternd vor Furcht, denn er hörte wohl, wie die anderen Buben ihn mit großem Geschrei suchten, daß er bei den Spielen mitmachte, die sie spielen wollten.

Diese Spiele endeten aber immer mit vielem Prügeln, und das traf regelmäßig den This am stärksten, da er sich nicht wehrte und auch nicht wehren konnte gegen die viel Stärkeren. So verkroch er sich, sobald er konnte, und inzwischen liefen seine Kühe, wohin sie wollten und fraßen auf der Weide der Nachbarn. Das gab dann großen Ärger, und jeder fand, der This sei zu dumm, um nur die Kühe zu hüten, und keiner stellte ihn mehr an. Ebenso ging es bei den Arbeiten auf dem Feld, wenn die Buben zum Jäten auf die Kartoffelfelder gehen sollten. Da warfen sie sich mit Vorliebe die Knollen der Kartoffelblüten an den Kopf, schon damit die Zeit etwas schneller vergehe. Und jeder gab dem anderen reichlich zurück, was er empfangen hatte. Der This gab aber nichts zurück, sondern scheu und furchtsam schaute er nach allen Seiten, von woher er getroffen werde. Das war gerade, was die anderen gern wollten. Und so flogen ihm unter vielem Lachen von allen Seiten die Knollen an den Rücken und an den Kopf.

Während aber die anderen Zeit hatten, dazwischen zu arbeiten, versuchte der This nur immer auszuweichen und sich hinter den Kartoffelstauden zu verstecken. So war es auch mit dieser Arbeit nichts, und jung und alt waren sich einig, der This sei zu aller Arbeit zu dumm und aus dem This könne nie etwas werden. Weil er nun gar nichts verdienen und ja auch nie etwas werden konnte, so wurde er auch von der Frau des Hälmli-Sepp demgemäß behandelt. Wenn schon die eigenen vier kleinen Kinder kaum genug zu essen hatten, so geschah es meistens, daß für den This gar nichts mehr übrigblieb und es dann hieß: "Du wirst wohl etwas finden, du bist groß genug." Wie der This eigentlich ernährt wurde, wußte niemand, auch die Frau des Hälmli-Sepp nicht, aber irgendwie lebte er doch immer.

Dem schmalen, mageren Buben gab schon hier und da eine gute Frau einen Brocken Brot oder eine Kartoffel, wenn er still an ihrer Tür vorbeiging. Betteln ging der This aber nicht. Satt hatte er sich in seinem Leben noch nie gegessen. Aber das war ihm nicht so schrecklich wie die Verfolgungen und das Auslachen der Buben, vor denen er immer scheuer wurde und sich immer mehr versteckte.

2. Kapitel

Bei der Schwemmebachsennhütte

An einem lieblichen Sommerabend, als in der blauen, sonnigen Luft alle Mücken tanzten, trafen sich am Bergabhang alle Hüterbuben und—mädchen. Sie mußten heute etwas Besonderes zu verhandeln haben. Der Jopp, von allen der Größte, war der Leiter der Versammlung. Und als alle nun auf einem Haufen beisammen waren, zeigte er an, daß man jetzt zur Schwemmebachsennhütte hinaufgehe, denn heute sei der Käsfischtag. Nun müsse aber vor allem ausgemacht werden, wer dableiben und die Kühe hüten solle, während die anderen sich zu dem Festmahl begeben würden. Das war nun eine schwierige Frage, denn nicht ein einziger hatte Lust, sich für die anderen aufzuopfern und dazubleiben. Da kam der schlaue Uli auf den Gedanken, man könnte einmal den dummen This zwingen, auf die Kühe acht zu geben. Und damit er's nicht vergesse, könnte man ihn im voraus ein wenig durchprügeln. Der Vorschlag fand Anklang, und schon wollten mehrere von den Anführern der Schar den This holen, als das Lisi mit lauter Stimme dazwischenrief: "Das ist gar nichts Gescheites, was der Uli erfunden hat. So bekommen wir nur alle den Lohn dafür, wenn wir wieder zurückkommen und die Kühe sich verlaufen haben. Ihr werdet doch nicht glauben, daß der This, wenn er zu dumm ist, zwei Kühe zu hüten, auf einmal zwanzig hüten kann. Man muß losen, und drei müssen bei den Kühen bleiben, sonst ist's nichts." Lisis Erklärung machte Eindruck, der neue Rat wurde angenommen. Drei aus der Schar wurden durch das Los zum Dableiben verurteilt, ausgerechnet der Uli war unter diesen drei. Murrend und knurrend kehrte er der siegreichen Schar den Rücken und setzte sich auf den Boden neben seine beiden Leidensgenossen. Mit lautem Schreien und Jauchzen stürzte nun die ganze Kinderschar den Berg hinauf, dem unvergleichlichen Genuß entgegen.

Der Käsfischtag wurde immer von Franz Anton den Buben

angezeigt, die es nie unterließen, ihn daran zu erinnern, wenn er es etwa vergessen sollte. Denn das war ein Hauptfest für sie. Das war der Tag, an dem der Franz Anton seine frischen Käse rundum beschnitt, nachdem diese als weiche Masse in die runde, hölzerne Form gepreßt worden waren. Was nun zwischen dem pressenden Gewicht und der festen Form sich von der Masse herausdrängte, wurde abgeschnitten und war anzusehen wie eine lange, schneeweiße Wurst. Die wurde dann in viele Stücke gebrochen und von dem freundlichen Sennen unter die Kinder verteilt. Das waren dann die sogenannten Käsfische. Dieses Fest wiederholte sich den Sommer über alle vierzehn Tage und wurde jedesmal mit lautem Freudengeschrei begrüßt.

This hatte sich hinter dem großen Distelbusch am Boden versteckt gehalten, während die Verhandlung vor sich ging. Er gab keinen Ton von sich und blieb unbeweglich in derselben Stellung, bis er hörte, daß die große Schar davonlief. Jetzt guckte er vorsichtig ein wenig hervor. Die drei grollenden Zurückgebliebenen saßen am Boden und kehrten ihm den Rücken zu. Die anderen waren schon ein gutes Stück die Alm hinaufgekommen, ihr Rufen und Jubeln schallte lustig von der Höhe hernieder. Den This erfaßte ein unwiderstehliches Verlangen, auch an der Käsfischfahrt teilzunehmen. Ganz behende schlüpfte er hinter dem Busch hervor, und leise und leicht wie ein Wiesel glitt er hinter den drei Unzufriedenen vorbei und den Berg hinauf. Nach dem letzten steilen Hang kam eine kleine, glänzend grüne Hochebene, da stand die Sennhütte. Und wenige Schritte davon entfernt rauschte der klare Schwemmebach nieder. Dort in der Tür seiner Hütte stand der Franz Anton mit seinem runden, freundlichen Gesicht. Er lachte über die vielen Sprünge, die jetzt die Buben und Mädchen in ihrem Eifer, zu dem ersehnten Genuß zu gelangen, auf allen Seiten machten. Jetzt waren sie alle bei der Hütte und eines drängte das andere vorwärts, um noch näher dabei zu sein, wenn die Teilung beginnen würde.

"Nur zahm, nur zahm", lachte jetzt der Franz Anton. "Wenn ihr alle in die Hütte hineindrängt, so habe ich keinen Platz mehr zum Käseschneiden und ihr habt den Schaden." Jetzt nahm er sein festes Messer zur Hand und trat an den großen, runden Käse heran, den er schon vorher auf dem Tischchen zurecht gelegt hatte. Das Schneiden ging rasch vor sich. Dann kam er mit der langen, dicken, schneeweißen Schnur heran. Nun teilte er sie und reichte hier ein Stück und da ein Stück, oft über die Köpfe der Großen weg den Kleinen, die nicht zu ihm vordringen konnten. Denn der Franz Anton war gerecht in seiner Teilung.

This hatte ganz hinten gestanden, und wenn er ein wenig vordringen wollte, so bekam er da einen Stoß und dort einen und flog so von einer Seite zur anderen. Der Franz Anton sah ihn auch gar nicht, weil immer wieder ein Größerer und Dickerer sich vor ihn drängte. Zuletzt bekam er einen so ungeheuren Stoß von dem breiten, nach allen Seiten schlagenden Jopp, daß er sich fast überschlagen hätte. Die Teilung war auch schon fast zu Ende, und der This sah wohl, daß er zu keinem Stückchen Käsfisch gelangen konnte, so wollte er doch auch keine Schläge mehr. Er ging ein paar Schritte weiter hinunter, wo die jungen Tannen standen und setzte sich auf den Boden zwischen den Bäumchen. Auf der höchsten Krone des einen saß ein lustiger, kleiner Vogel und pfiff so fröhlich in die helle, sonnige Luft hinauf, als gäbe es gar nichts anderes auf der Welt als blauen Himmel und Sonnenschein. Das machte dem This das Herz so froh, daß er fast das Leid vergaß, das ihm eben geschehen war.

Von Zeit zu Zeit mußte er nach der Sennhütte

hinüberschauen, denn das Lärmen und Jauchzen, wenn immer einer dem anderen sein Stück Käsfisch wieder abgejagt hatte, nahm kein Ende. Dann sah er immer noch, wie jedes Kind mit einem größeren oder kleineren Brocken der schönen, weißen Masse dastand und mit Wonne hineinbiß. Er seufzte dann ein wenig und sagte leise: "Wenn ich nur auch einmal ein einziges Stücklein bekäme!" Der This hatte niemals von den herrlichen, weißen Käsfischen gekostet, denn noch nie hatte er es gewagt, so weit wie heute in die Schar der Glücklichen einzudringen. Jetzt hatte er gesehen, daß es ihm doch nichts half, wenn er auch allen Mut zusammenraffte. Und so kam er zu dem traurigen Schlußgedanken, daß er sein Leben lang nie einen Käsfisch bekommen werde. Darüber wurde er so traurig, daß er nicht einmal den Vogel mehr hörte und ganz zusammengeduckt unter den Tannenbäumen saß.

Jetzt war das Gastmahl bei der Hütte zu Ende und mit schrecklichem Lärm stürzten die Kinder daher, womöglich immer einer über den anderen hinausspringend, was an dem steilen Hang mehr als einen zu Fall brachte. Den halb versteckten This entdeckte im Vorbeirennen der lärmende Hans, und laut schrie er in das Gebüsch hinein: "Du Maulwurf, komm heraus, du mußt mitmachen!" This verstand, was er mitzumachen hatte. Er mußte sich als Bock hinstellen, damit die anderen über ihn springen konnten, wobei er dann meistens umgeworfen wurde. Er wäre viel lieber in seinem stillen Versteck geblieben, aber er wußte wohl, was er zu erwarten hatte, wenn er dem Befehl nicht folgte. So kam er gehorsam heran. "Wie viele Käsfische hast du bekommen?" schrie ihn jetzt der Hans an.

"Keinen", gab This zurück. "Oho, seht einmal den an", schrie der Hans noch lauter in die Schar hinein, "der läuft schnell zu den Käsfischen, und dann läuft er wieder fort und hat keinen gesehen." "Du dummer This", rief es von allen Seiten, und zugleich sprangen ihm die großen Buben über den Kopf weg, so daß er genug zu tun hatte, nur immer wieder auf die Füße zu kommen, wenn er umgeworfen worden war. Manchmal rollte er auch mit einer ganzen Schar Gestürzter die Abhänge hinunter, bis ein glücklicher Zufall sie wieder alle auf die Füße brachte. Nach dieser stürmischen Niederfahrt unten angekommen, liefen gleich alle auseinander, jeder seinen Kühen nach.

Der This rannte auf eine andere Seite, weit von allen weg. Denn jetzt erwartete er erst noch eine rechte Verfolgung von den Zurückgebliebenen, weil er mitgelaufen war. Er lief jetzt zu dem Sumpfloch hinunter und duckte sich da hinein, so konnte ihn von oben und unten niemand sehen. Das Sumpfloch war eine Vertiefung im Berghang, wo im Frühling und Herbst sich das Wasser oft sammelte und den Boden sumpfig machte. Jetzt aber war das Loch ganz trocken und ein angenehmer Aufenthalt. Denn es reiften da schöne, dunkelrote Erdbeeren in der Sonne, die so schön warm in die Vertiefung schien. Aber dem This war es überall angst und bang, wenn er noch in der Nähe der Häuser und der Hüterbuben war. Denn diese konnten ihn ja jeden Augenblick wieder entdecken und ihm wieder einen Streich spielen. Der This zuckte scheu und ängstlich bei jedem Ton zusammen, weil er immer dachte: Jetzt kommt wieder einer und tut mir etwas. Da dachte er noch einmal an das stille Plätzchen unter den kleinen Tannenbäumchen dort oben und an das pfeifende Vögelein, so daß es ihn mit Gewalt vom Boden zog. Er mußte noch einmal dorthin.

Mit allen Kräften lief er wieder den Berg hinauf und hielt nicht einmal an, bis er oben war und sich nun wieder unter die Tannenbäumchen setzen konnte. Nur nach vorn ins Tal hinab war sein Tannenversteck ein wenig offen. Da saß nun der This in völliger Sicherheit. Ringsum war eine große Stille, kein Ton drang von unten her bis hier auf die einsame Höhe, nur das Vögelein saß noch auf seinem Tannenast und pfiff sein fröhliches Lied. Die Sonne wollte untergehen. Die hohen Schneeberge drüben fingen zu flimmern und zu glühen an, und über die ganze grüne Alm hin lag das golden schimmernde Abendlicht. Der This schaute mit stillem Staunen um sich. Ein nie gekanntes Wohlsein kam über ihn. Hier konnte ja auch alle Angst und Scheu von ihm weichen, er hatte nichts mehr zu fürchten, denn weit und breit war kein Mensch mehr zu sehen und zu hören.

So saß der This eine lange Zeit, und am liebsten wäre er gar nicht mehr fortgegangen, denn so wohl war es ihm noch nie in seinem Leben gewesen. Aber da hörte er schwere Tritte hinter sich von der Hütte her. Es war der Senn. Er kam mit einem Kesselchen daher, gewiß wollte er zum Bach hinüber, um Wasser zu holen. This verhielt sich mäuschenstill. Denn er war so daran gewöhnt, daß er von jedermann angefahren oder ausgelacht wurde, daß er dachte, der Senn werde es gleich auch tun und ihn dann fortjagen. Er duckte sich tief unter die Bäumchen. Diese knisterten aber von seiner Bewegung, Franz Anton wurde aufmerksam, trat näher und guckte in den Tannenbusch hinein.

"Was machst du denn da drinnen?" fragte der Senn mit lustigem Gesicht.

"Nichts", erwiderte This halblaut und vor Angst zitternd.

"Komm nur heraus. Du brauchst dich nicht zu fürchten, wenn du nichts Böses getan hast. Vor wem verbirgst du dich denn? Hast du dich etwa mit deinen Käsfischen da hineingeflüchtet, daß du sie in Ruhe verzehren kannst?"

15

"Nein, ich habe keine Käsfische gehabt", sagte This ängstlich.

"Nicht? Und warum denn nicht?" fragte der Senn in einer Weise, wie
sonst nie ein Mensch mit dem This redete. Nun erwachte in seinem
Herzen etwas, das er bisher nicht gekannt hatte—das Zutrauen zu einem
Menschen.

"Sie haben mich auf die Seite gestoßen", erwiderte er nun
und stand hinter den buschigen Zweigen auf.

"So, jetzt kann man dich doch sehen", fuhr der Senn
freundlich fort, "komm noch ein wenig näher. Und warum
wehrst du dich denn nicht, wenn sie dich wegstoßen? Es
stößt ja immer einer den anderen, aber zuletzt kommt doch
jeder an die Reihe, warum nur du nicht?"

"Sie sind stärker", sagte der This so überzeugend, daß diese
Erklärung wohl auch dem Franz Anton einleuchtete. Erst
jetzt konnte dieser den Buben recht sehen. This stand vor
dem breiten, großen Franz Anton wie ein dünnes Stöcklein
vor einer hohen Tanne. Der kräftige Mann betrachtete einen
Augenblick das schmale Figürchen, an dem tatsächlich fast
nur Haut und Knochen zu sehen waren. Aus dem mageren
Gesicht schauten die zwei Augen dann und wann noch
ziemlich scheu zu ihm auf.

"Wem gehörst du?" fragte er jetzt den Buben.

"Niemand", gab This zur Antwort.

"Pah, du wirst doch irgendwo daheim sein? Wo wohnst du
denn?"

"Beim Hälmli-Sepp."

Jetzt ging dem Franz Anton ein Licht auf. "Ach so, bist du der!" sagte er verständnisvoll, denn von dem dummen This, den man zu gar nichts brauchen konnte, hatte er schon viel gehört, ihn aber nicht gekannt.

"Komm einmal mit mir", sagte er mitleidig. "Wenn du beim Hälmli-Sepp bist, so wirst du nicht umsonst selber aussehen wie ein Hälmlein. Komm, Käsfische sind nicht mehr da, aber etwas anderes."

Der This wußte gar nicht, wie ihm geschah. Er ging hinter dem Franz Anton gehorsam her, aber es war, als ginge er mit einem Freund, und das war ihm noch nie geschehen. Der Senn trat in die Hütte, holte hoch von einem Brett ein rundes Brot herunter und schnitt ein großes Stück ab. Dann ging er zu dem riesigen Butterfaß, das goldig glänzend in der Ecke stand, und holte ein großes Stück Butter heraus. Das strich er über die Brotschnitte und reichte nun das feste Stück mit der dicken Butter darauf dem This hin. In seinem ganzen Leben hatte der This so etwas noch nie bekommen. Er schaute darauf, als sei es nicht möglich, daß es ihm gehöre.

"Komm heraus. Iß es vor der Hütte, ich muß nun zum Wasser", sagte Franz Anton, der mit lustigen Augen dem Ausdruck von Glück und Erstaunen auf dem Gesicht des Jungen gefolgt war. Dieser gehorchte. Vor der Hütte setzte er sich auf den Boden. Und während der Senn zum Schwemmebach hinüberging, biß er in sein Butterbrot hinein und biß immer wieder und konnte nicht begreifen, daß es etwas so Gutes gäbe und er es bekommen hätte.

Inzwischen wehte frisch und wohlig der Abendwind um seinen Kopf und wiegte unten die Tannenbäumchen hin und her, und der kleine Vogel saß immer noch auf dem höchsten Zweig und sang hell und fröhlich in den goldenen Abendhimmel hinauf. Dem This ging das ganze Herz in nie gekanntem Wohlsein auf, und er meinte, er müsse laut mit dem Vogel zu singen anfangen.

Der Senn war in der Zeit ein paarmal mit seinem Kesselchen hin und her gegangen. Drüben beim Schwemmebach war er immer eine Weile stehengeblieben und hatte rundum geschaut. Die Berge waren nicht mehr rot vom Abendschein, aber jetzt stieg groß und golden der volle Mond hinter dem weißen Zacken empor. Nun kam der Senn wieder zur Hütte zurück und stellte sich vor den This, der noch auf derselben Stelle saß.

"So gefällt's dir hier?" fragte er freundlich. "Mit dem Abendessen bist du fertig, wie ich sehe. Du mußt dich auf den Rückweg machen. Sieh, wie schön dir der Mond heimleuchtet!"

Der This hatte gar nicht mehr ans Fortgehen gedacht. Aber jetzt fiel ihm ein, daß es wohl nötig sei. Er stand auf, dankte noch einmal dem Franz Anton und ging. Aber er kam nicht weiter als bis zu den Tannenbäumchen, es hielt ihn mit Gewalt zurück. Er schaute noch einmal zurück, und da der Senn in die Hütte getreten war und ihn nicht mehr sehen konnte, huschte er schnell unter die dunklen Zweige. Franz Anton war der einzige Mensch, der ihn in seinem ganzen Leben mit Güte und Liebe behandelt hatte. Das hatte auf den This einen solchen Eindruck gemacht, daß er nicht fort konnte. Er mußte noch ein wenig in der Nähe dieses guten Menschen bleiben. This lag ganz verborgen unter den Bäumchen und spähte zu der Hütte hinauf, ob er den Senn nicht noch einmal sähe. Es dauerte einige Zeit, da plötzlich trat Franz Anton wirklich noch einmal aus seiner Hütte heraus.

Er blieb vor der Tür stehen und schaute mit gekreuzten Armen in die stille Bergwelt hinaus, wo jetzt über alle hohen Schneegipfel hin das milde Mondlicht leuchtete. Auch auf das Gesicht des Sennen fiel jetzt der helle Mondschein, und This konnte den Ausdruck der friedlichen Heiterkeit sehen. Dann faltete er seine Hände. Er hielt wohl still seine Abendandacht. Dann auf einmal sagte er ganz laut: "Gute Nacht geb euch Gott!" trat in die Hütte zurück und machte die Tür zu. Sein Nachtgruß hatte wohl seinen alten Freunden, den hohen Bergen ringsum und den Menschen gegolten, die er liebte. Der This hatte in stiller Ehrfurcht zu dem Franz Anton aufgeschaut. Er fühlte Liebe und Bewunderung für den Senn, Gefühle, die er bisher nicht gekannt hatte.

Als es nun ganz dunkel und still in der Hütte wurde, stand der This auf und lief, so schnell er konnte, den Berg hinunter.

Es war spät und kein Lichtlein mehr zu sehen. Aber das war ihm gleich, die Tür war ja nie geschlossen. Er trat leise ins Häuschen und schlich zu seinem Lager, das er mit dem Uli zu teilen hatte. Dieser schlief steif und fest, nachdem er noch vorher ausgerufen hatte: "Es ist bequem, daß der This auch jetzt zu dumm wird, sein Bett zu finden. So hat man doch Platz!"

This legte sich leise nieder. Und bis seine Augen zufielen, sah er immer noch den Franz Anton vor sich, wie er im Mondschein mit gefalteten Händen vor seiner Hütte stand. Zum erstenmal in seinem Leben schlief der This mit einem glücklichen Herzen ein.

3. Kapitel

Ein hilfreicher Engel

Der Tag darauf war ein Sonntag. Die Kinder, die an der
Halde wohnten, mußten nach Beckenried hinunter zur
Kirche. Trotz des langen Weges gingen die Kinder jeden
Sonntag zum Religionsunterricht, denn der Herr Pfarrer
hielt fest an der alten Ordnung. So kam eben jetzt die ganze
Schar den Berghang herunter, und bald saßen sie alle mit
anderen Kindern so ruhig wie möglich auf den langen
Bänken, und der Herr Pfarrer konnte beginnen. Er sagte, er
habe ihnen das letztemal von einem zukünftigen Leben
gesprochen, und da sein Blick eben auf den This fiel, fuhr er
fort: "Ich will dich auch einmal wieder etwas fragen, das
wirst du wohl beantworten können, wenn man dir auch
nicht viel zutrauen kann. Sag mir: Wo wird es denn einmal
auch dem Ärmsten und Geringsten unter uns, wenn er ein
frommes Leben geführt hat, so wohl werden, daß er kein
Leid verspürt?"

"Bei der Schwemmebachsennhütte", antwortete der This
ohne Zögern. Jetzt entstand ein solches Kichern, daß der
This ganz scheu um sich schaute. Ringsum waren spöttische
Blicke auf ihn gerichtet, und alle Kinder wollten vor
verhaltenem Lachen ersticken. Der This beugte sich so stark
vornüber, als wollte er in den Boden hineinkriechen. Von
dem, was der Herr Pfarrer das letztemal erklärte, hatte er
nichts gehört, weil er sich immer gegen heimliche Angriffe
wehren mußte. Jetzt hatte er auf die Frage ganz nach seiner
eigenen Erfahrung geantwortet,

Der Herr Pfarrer schaute ihn fest an. Als er aber sah, daß es
dem This gar nicht zum Lachen war, sondern daß er vor
Scheu ganz erschrocken und zusammengeduckt dasaß, da
schüttelte der Herr Pfarrer nur ganz bedenklich den Kopf
und sagte: "Es ist nichts mit ihm zu machen."

Als aber die Religionsstunde zu Ende war, da stürzte die ganze Schar hinter dem This her, alle lachten überlaut und schrien durcheinander: "This, sind dir auf einmal in der Kirche die Käsfische in den Sinn gekommen?"

"This, warum hast du nicht auch etwas von den Käsfischen gesagt?" Der This lief wie ein gejagtes Kaninchen davon, um nur endlich dem Geschrei zu entfliehen, rannte keuchend den Berghang hinauf. Oben wurde er nun nicht mehr verfolgt. Denn die anderen wollten den schönen Sonntagabend unten im Dorf genießen.

Der This lief immer weiter hinauf. Er hatte bei allem Leid jetzt einen Trost im Herzen. Er konnte zur Schwemmebachsennhütte hinaufflüchten und dort das freundliche Gesicht des Franz Anton sehen. Ganz still konnte er dort an seinem verborgenen Plätzchen sitzen und vor Verfolgung sicher sein. Nun saß er wieder unter den Tannen und über ihm sang der Vogel sein Lied. Die Schneeberge glitzerten in der Sonne, und über den grünen Hängen floß da und dort ein klares Bächlein friedlich ins Tal hinab. Dem This wurde es so wohl, daß er allen Spott vergaß und nur den einzigen Wunsch empfand, gar nicht mehr weggehen zu müssen.

Von Zeit zu Zeit erblickte er auch den Franz Anton, nach dem er beständig ausschaute. Dann duckte er sich aber so tief wie möglich nieder. Denn er hatte das Gefühl, wenn der Franz Anton ihn wieder hier sehe, so könnte er meinen, er sei gekommen, um wieder ein Butterbrot zu bekommen. Und er kam doch nur, weil er der erste und einzige Mensch war, der freundlich und liebevoll zu ihm gewesen, und in dessen Nähe es ihm so wohl und sicher zumute war, wie sonst nirgends auf der Welt. Der Senn entdeckte ihn auch heute nicht, und This saß an seinem schönen Plätzchen, bis die Sterne am Himmel standen und der Franz Anton wieder wie gestern vor seine Hütte hinaustrat und ausrief: "Gute Nacht geb euch Gott!" Dann erst lief der This wieder davon, und spät wie gestern kam er auf sein Lager, diesmal recht hungrig, denn seit dem Morgen hatte er ja nichts mehr gegessen. Aber das war dem Buben heute ganz gleich, er hatte sich ja so wohl gefühlt dort oben.

So ging es eine ganze Woche. Tag für Tag, sobald er einen Augenblick fand, da niemand ihn sehen und vermissen konnte, lief der This die Alm hinauf und setzte sich unter seine Tannenzweige. Von da beobachtete er die ganze Tätigkeit des Sennen von einer Minute zur anderen. Und nie verließ er seinen friedlichen Aufenthalt, bis der Franz Anton gesagt hatte: "Gute Nacht geb euch Gott!" Es war ihm jetzt immer, als sei der Nachtsegen auch für ihn gedacht.

Es waren ausnahmsweise heiße Tage. An dem wolkenlosen Himmel stieg jeden Morgen die Sonne wieder so hell empor, wie sie am Abend niedergegangen war. Das Futter war besonders kräftig, und Franz Anton bekam so schöne, fette Milch von den Alpenkühen, daß er die prächtigsten Käse daraus herstellen konnte. Das machte ihm Freude, und schon frühmorgens konnte man ihn voller Vergnügen in seiner Sennhütte pfeifen hören, so auch am Samstag dieser Woche. Da hörte man ihn noch viel früher als sonst, denn es war einer der Tage, an dem der Senn seine drei oder vier fertigen Käse an den See hinunterbrachte. Dort wurden sie in eines der Schiffe verladen. Bald hatte er sie auf seinem Rücken festgebunden und wanderte nun wohlgemut talabwärts, den dicken Bergstock in der Hand, die schwere Last auf dem Rücken. Es war der heißeste Tag des ganzen Sommers.

Je weiter hinunter er gelangte, je mehr plagte ihn die übermäßige Hitze, und oft sagte er zu sich: "O wie will ich froh sein, heute abend wieder zu meiner Hütte hinauf in die kühle Luft zu kommen, hier unten ist's wie in einem Backofen." Jetzt war er unten angelangt, gerade als das Schiff herankam, das die Käse mitnehmen sollte. Bald war alles verladen, und Franz Anton stand einen Augenblick unschlüssig da, ob er gleich wieder den Berg hinaufsteigen, oder erst hier unten etwas zu sich nehmen wollte. Aber er fühlte keinen Appetit, sein Kopf war schwer und heiß, er wünschte sich nur hinaufzukommen. Da zog ihn jemand am Arm. Es war einer der Schiffsangestellten, der eben beim Einladen geholfen hatte. "Komm, Franz Anton, heute ist's heiß, wir wollen ein Glas Wein im Schatten trinken", sagte er und zog den Senn zu dem Wirtshaus.

Der Franz Anton war durstig und weigerte sich nicht, hier ein wenig im Schatten zu sitzen. Er trank sein Glas in einem Zug aus. Dann aber stand er bald auf und sagte, es werde ihm ganz unwohl hier unten in der schweren, heißen Luft und er sei an kalte Milch und Wasser, nicht an den Wein gewöhnt. Damit verabschiedete er sich und ging mit großen Schritten auf den Berghang zu. Aber so schwer war ihm das Steigen in seinem Leben noch nie gefallen. Die Mittagsonne brannte heiß auf seinen Kopf, alle seine Pulse hämmerten, die Füße wurden ihm so schwer, daß er sie nur mit Mühe heben konnte. Je steiler die Alm wurde, je größer wurden seine Schritte. Und er spornte sich selbst mit der Aussicht an, daß nur noch eine Stunde, dann nur noch eine halbe, jetzt nur noch eine Viertelstunde heißer Mühe vor ihm liege. Dann würde er oben sein und könne sich zum Ausruhen auf das frische Heu werfen.

Jetzt war er am letzten steilen Aufstieg angekommen. Die Sonne brannte wie Feuer auf seinen Kopf. Plötzlich wurde es ihm völlig schwarz vor den Augen, er schwankte, und schwer stürzte er auf den Boden nieder. Er hatte das

23

Bewußtsein verloren.

Als am Abend der Melker mit seiner Milch in die Stube trat,
sah er,
daß der Franz Anton noch nicht zurückgekehrt war. Er
stellte seine
Milch in eine Ecke und ging fort. Er dachte nicht daran,
nach dem
Senn auszuschauen.

Es war aber noch jemand da oben, der hatte schon lange auf
den Franz Anton gewartet, das war der This. Schon seit ein
paar Stunden hatte er an seinem verborgenen Plätzchen
gesessen. Er kannte jeden Schritt, den der Senn tat. Er
wußte, wie eine Beschäftigung auf die andere folgte, so daß
er sich nicht genug wundern konnte, wie lange heute der
Franz Anton seine Milch stehen ließ. Sonst goß er sie immer
gleich in die verschiedenen Gefäße. Die eine kam zum
Buttern in die großen, runden Becken, wo sie stehenblieb,
bis aller Rahm schön dick obenauf lag. Die andere wurde in
den Käsekessel gegossen, das hatte der This durch die offene
Hüttentür alles genau beobachten können. Der Senn kam
immer noch nicht. Der Junge fühlte, daß irgend etwas
geschehen sein mußte. Er kam jetzt leise aus seinem Versteck
heraus und ging zur Sennhütte. Da war es still und leer
unten im Hüttenraum und oben auf dem Heuboden. Kein
Feuer prasselte unter dem Kessel, kein Laut war zu hören,
alles wie ausgestorben. Ängstlich lief der This jetzt um die
Hütte herum, einmal hinunter, dann wieder herauf und
dann in einer anderen Richtung wieder hinab. Jetzt auf
einmal—dort unten erblickte er den Franz Anton, der am
Boden lag. This sprang hinzu—da lag sein Freund mit
geschlossenen Augen und stöhnte und lechzte wie ein
Sterbender. Er sah glühend heiß aus, und seine Lippen
waren ganz vertrocknet.

Der This stand einen Augenblick still und starrte, bleich vor Schrecken, auf seinen Wohltäter. Dann stürzte er in schnellem Lauf den Berg hinunter. Franz Anton hatte viele Stunden lang bewußtlos am Boden gelegen. Ein schreckliches Fieber hatte ihn ergriffen. Er litt an einem verzehrenden Durst. Von Zeit zu Zeit kam es ihm in seinem brennenden Verlangen vor, er komme zum Wasser und wolle sich bücken und trinken. Und von der Anstrengung erwachte er für einen Augenblick, denn es war nur ein Fiebertraum gewesen.

Er lag immer noch auf dem Boden und konnte sich nicht rühren. Vergebens lechzte er nach einem Tropfen Wasser. Dann schwand ihm das Bewußtsein wieder, und er träumte, er liege unten im Sumpfloch, wo er heute früh im Vorübergehen noch die schönen Erdbeeren gesehen hatte. Da standen sie noch. Oh, wie sehnte er sich danach! Er wollte die Hand ausstrecken, aber vergeblich, er konnte keine greifen. Aber jetzt hatte er plötzlich eine im Mund. Ein Engel kniete da und hatte sie ihm gegeben — und noch eine und noch eine. Oh, wie tat ihm der Saft gut in dem ausgetrockneten Gaumen! Der Franz Anton schlürfte und schluckte, es war ein unsägliches Labsal. Er erwachte. War das alles Wirklichkeit? Es war kein Traum. Da kniete neben ihm der Engel und steckte ihm wieder eine große saftige Erdbeere in den Mund.

"O du guter Engel, noch eine", sagte leise der Franz Anton. Aber nicht nur eine, fünf, sechs steckte ihm der Engel in den Mund. Auf einmal flog ein stechender Schmerz über sein Gesicht. Er legte die Hand an die Stirn und konnte nur noch leise sagen: "Wasser", dann war ihm das Bewußtsein wieder völlig entschwunden. Er konnte nicht einmal mehr die letzte Erdbeere genießen. Jetzt träumte er ganz schreckliche Dinge. Sein Kopf wurde so groß wie sein allergrößtes Butterfaß und dann immer noch größer und so furchtbar schwer, daß er mit Schrecken dachte: "Den kannst du nie mehr allein tragen, man muß starke, hölzerne Stützen unterstellen, wie unter die Apfelbäume, wenn sie zuviel Äpfel tragen." Und jetzt fühlte er deutlich, daß der Kopf ganz voll Schießpulver war, das hatte einer von hinten angezündet. Nun brannte es da drinnen wie loderndes Feuer, und gleich mußte alles zerspringen. Aber dann kam plötzlich ganz kalt und belebend der Schwemmebach über seine Stirn, über das ganze Gesicht und in den Mund hineingeflossen, und Franz Anton schluckte und schluckte und erwachte.

Es war wahr, eiskalt kam ein Guß nach dem anderen auf Stirn und Gesicht. Dann kam etwas an seinen Mund, und er schlurfte gierig den kühlenden Trank ein. Über ihm standen die funkelnden Sterne, das sah der Franz Anton deutlich. Er wußte auch, daß er noch am Boden lag draußen auf der freien Alm. Aber das konnte doch nicht der Schwemmebach sein, was so über ihn floß und ihn so ordentlich trinken ließ. Er konnte nicht begreifen, was es war, aber es war so wohltuend, so erlösend von dem schweren Traum und dem schrecklichen Feuer. Voller Dank sagte er nur halblaut: "Ach, lieber Gott, wie danke ich dir für deine Güte und die hilfreichen Engel!"

Das erquickende Wasserbad hörte nicht auf, und zuletzt fühlte der Franz Anton eine kalte Masse auf seiner Stirn, so schützend und wohltuend, daß er sagte: "Da kann kein Feuer mehr durch." Und beruhigt schlief er jetzt ganz sanft ein und träumte nicht mehr.

4. Kapitel

Was die Sennenmutter haben will

Die Sonne stieg strahlend hinter dem hohen Bergzacken
empor, als Franz Anton seine Augen aufschlug und
verwundert um sich schaute. Er schauderte ein wenig
zusammen, es fröstelte ihn. Er wollte sich aufsetzen, aber
sein Kopf war schwer und dumpf. Er fuhr mit der Hand an
die Stirn, es war, als liege etwas darauf. Und er irrte sich
nicht. Wohl sechsfach zusammengelegt lag naß und schwer
das große Handtuch aus der Sennhütte auf seinem Kopf. Er
legte es weg, und als nun der frische Morgenwind über die
Stirn blies, fühlte er sich so wohlig und erleichtert, daß er
sich schnell aufsetzte und um sich schaute. Da sah er auf
einmal in zwei große, ernsthafte Augen hinein, die
unverwandt auf ihn gerichtet waren.

"Bist du das, This?" fragte er verwundert, "Wie kommst du
so früh auf die Alm? Nun, weil du da bist, komm, daß ich
mich ein wenig auf deine Schulter stützen kann. Ich bin
schwindelig und komme nicht allein auf."

Der This sprang vom Boden auf und trat nahe an den Senn
heran. Er stemmte mit aller Gewalt seine beiden Füße in den
Boden hinein, so daß der Franz Anton einen festen Halt an
ihm fand und aufstehen konnte. Während des langsamen
Aufstiegs zur Hütte, als er sich immer noch auf die Schulter
des Buben stützte, fing er an, sich daran zu erinnern, was
ihm eigentlich passiert war. Doch blieben ihm einige
Vorgänge der Nacht völlig unklar. Vielleicht konnte ihm der
This auf die Spur helfen. In der Hütte angelangt, setzte sich
der Senn auf einen seiner dreibeinigen Stühle und sagte:
"This, hol dir den anderen und setz dich hierher zu mir.
Aber zuerst nimm dort den Topf herunter, wir wollen ein
wenig kalte Milch miteinander trinken, Feuer kann ich jetzt
noch nicht machen. Ein Schüsselchen steht daneben. Sieh

nur, wo ist es denn hingekommen?" unterbrach sich der Senn, "ich stelle es regelmäßig dort hinauf. Ich weiß nicht, was mit mir vorgeht seit gestern."

Der This war feuerrot geworden, er wußte wohl, wer das Schüsselchen heruntergenommen hatte. Ganz zaghaft sagte er: "Dort steht's am Boden", holte es schnell herbei, auch den Milchtopf und reichte beides dem Senn. Dieser schüttelte ganz betroffen den Kopf. Solange er lebte, hatte er noch nie sein Schüsselchen dort bei der Tür auf den Boden gestellt. Er trank jetzt schweigend und nachdenklich seine Milch, füllte dann das Schüsselchen wieder und sagte: "Da, This, trink auch! Du hast mir einen guten Dienst erwiesen, daß du so früh hinauf kamst. Hast du etwa gemeint, es sei Käsfischtag und du seist dann sicher der erste?"

"Nein, gewiß nicht", versicherte This.

"Sag mir jetzt etwas", fuhr der Senn fort, der schon ein paarmal unruhig auf das nasse Tuch, das jetzt auf dem Tisch lag, dann wieder zu dem kleinen Wasserkessel geschaut hatte. "Sag mir, This, habe ich denn das Tuch schon auf meiner Stirn gehabt, als du heute früh heraufkamst?"

Jetzt wurde der This ganz dunkelrot. Denn er dachte, wenn der Senn alles erfahre, was er getan hatte, so sei es ihm vielleicht nicht recht, und er könnte böse werden. Aber der Franz Anton schaute ihm jetzt so tief in die Augen, daß er alles sagen mußte: "Ich habe es selbst darauf gelegt", fing er zaghaft an.

"Warum denn, This?" fragte der Senn verwundert.

"Weil sie so heiß waren", erwiderte This.

Der Senn staunte immer mehr. "Aber ich bin ja schon bei Sonnenaufgang erwacht", sagte er. "Wann bist du denn heraufgekommen?"

"Gestern um fünf, oder um vier Uhr", stotterte der This furchtsam, "der Melker kam erst lange nachher."

"Was, du bist die ganze Nacht hier oben gewesen? Was hast du denn gewollt und gemacht?"

Jetzt sah der Franz Anton, daß dem This ganz bange wurde, ihm selber aber fielen nun wieder die Vorgänge der letzten Nacht ein. Ganz väterlich klopfte er dem Buben auf die Schulter und sagte ermunternd: "Vor mir brauchst du dich gar nicht zu fürchten, This. Da, trink noch eins aus, und dann sag mir alles, was du weißt, von da an, als du hier heraufgekommen bist." Auf diese Ermunterung hin faßte der This neuen Mut. Erst trank er die Milch in wenigen Zügen aus, denn sie schmeckte herrlich.

Dann fing er an zu berichten: "Ich habe nur ein wenig zu Ihnen hier herauf gewollt, aber nur so wie alle Tage, nicht wegen der Käsfische. Und weil dann der Melker schon lange die Milch gebracht hatte und Sie nicht kamen, habe ich Sie gesucht. Und dann habe ich Sie am Boden gefunden, und Sie sind ganz rot und heiß gewesen und haben Durst gehabt. Dann bin ich geschwind zum Sumpfloch hinabgelaufen und habe alle großen Erdbeeren gepflückt, die noch da waren, und habe sie Ihnen gebracht. Und Sie haben sie gern genommen. Aber dann haben Sie auf den Kopf gezeigt und nach Wasser verlangt. Da habe ich aus der Hütte das Schüsselchen geholt und den kleinen Kessel, und am Schwemmebach habe ich ihn gefüllt. Dann habe ich Ihnen mit dem Schüsselchen das Wasser über den Kopf geschüttet und auch zu trinken gegeben, denn sie haben immer wieder Durst gehabt. Wenn dann der Kessel leer war, bin ich zum Bach hinüber und habe ihn wieder gefüllt. Aber weil das Wasser immer so schnell aufgebraucht war, habe ich gedacht, ein dickes Tuch wurde den Kopf besser kühlen. Und so habe ich das Tuch aus der Hütte geholt und es ganz naß auf Ihren Kopf gelegt. Nur, wenn es dann trocken und heiß wurde, habe ich es wieder in den Kessel getaucht und es dann wieder naß auf den Kopf getan. Am Morgen sind Sie dann erwacht, und ich war froh, ich habe immer gedacht, wenn Sie nur nicht etwa krank werden."

Der Senn hatte mit großer Aufmerksamkeit zugehört. Jetzt stand alles deutlich vor ihm, was er in der Nacht erlebt hatte. Er wußte auch wieder, wie er halb wachend und im Fieber den Engel mit den Erdbeeren als Retter empfunden und dann das Wasser des Schwemmebachs gespürt und genossen hatte. Der Franz Anton schaute den This so stumm und verwundert an, als hätte er noch nie einen Buben gesehen. Nein, einen solchen hatte er noch nie gesehen. Wie war es denn möglich, daß dieser Bub, den alle Leute nur den dummen This nannten, sein Leben gerettet hatte.

Hätte der This sein Fieber nicht mit dem Wasser gelöscht, wer weiß, was bis zum Morgen daraus geworden wäre! Und wie konnte dieser This, dem niemand ein freundliches Wort gab, zu einer solchen Aufopferung fähig sein, daß er die ganze Nacht bei einem anderen wachte und ihn pflegte! Dem großen, starken Franz Anton kamen die Tränen in die Augen, als er den scheuen, verachteten This ansah und das alles überdachte. Er nahm jetzt den Buben bei der Hand und sagte: "Wir wollen gut Freund bleiben, This, ich habe dir viel zu danken, das vergesse ich nicht. Tu mir nur noch einen Gefallen, mir zittern die Glieder so, daß ich mich jetzt niederlegen muß. Geh du nun hinunter zu meiner Mutter und sag ihr, sie soll zu mir heraufkommen, es sei mir nicht ganz wohl. Du mußt dann auch wieder mit ihr kommen, ich habe noch viel mit dir zu reden heute, vergiß es nicht!"

Solange er lebte, war der This noch nie so glücklich gewesen. Er lief springend den Berg hinunter, als könne er nicht hoch genug aufspringen vor Freude. Nun hatte der Senn ihm selbst befohlen wiederzukommen, und er brauchte sich nicht mehr zu verbergen, sondern durfte gleich in die Sennhütte eintreten. Außerdem hatte der Franz Anton ihm noch gesagt, er wolle gut Freund mit ihm bleiben. Bei jedem dieser Gedanken sprang der This wieder hoch in die Luft und kam bald bei der Mutter an. Gerade als er von oben herunter auf das saubere Häuschen mit den schimmernden Fenstern zurannte, kam von unten herauf im Sonntagsschmuck, das Gesangbuch in der Hand, die Sennenmutter aus der Kirche. Der Bub lief auf sie zu, konnte aber zuerst nichts sagen, denn er war ganz atemlos vom Laufen.

"Woher kommst denn du?" fragte die sonntäglich gekleidete Frau, die nicht gern etwas Unordentliches sah. Mißbilligend musterte sie den Buben von oben bis unten, denn er machte keinen sonntäglichen Anblick in seinen zerfetzten Alltagshöschen und dem schmutzigen Hemdlein. "Ich meine, ich habe dich schon dort drüben über dem Bach gesehen, du bist wohl einer vom Hälmli-Sepp?"

"Nein, nur der This", erwiderte der Bub ganz demütig.

Jetzt fiel der Frau ein, daß die Frau des Hälmli-Sepp einen einfältigen Buben bei sich hatte, von dem sie sagten, er sei zu nichts zu brauchen. Den hatte sie wohl jetzt vor sich. "Und was willst du denn bei mir?" fragte sie nun erst recht verwundert.

Der This war wieder zu Atem gekommen und richtete nun seinen Auftrag klar und richtig aus. Die Frau erschrak sehr. Noch nie war der kerngesunde Franz Anton krank gewesen. Und daß er nach ihr schickte und nicht selbst

31

herunterkommen konnte, war ein recht schlimmes Zeichen. Ohne ein Wort zu sagen, ging sie ins Haus, packte in großer Sorge das Nötigste zusammen und kam nach kurzer Zeit mit ihrem großen Korb am Arm heraus.

"Komm", sagte sie zu This, "wir wollen gleich gehn. Warum mußt du wieder mit?"

"Ich weiß nicht", antwortete er. Und fast als wäre es etwas Böses, setzte er leise hinzu: "Muß ich nicht den Korb tragen?"

"So, jetzt verstehe ich's", sagte die Frau, "der Franz Anton hat daran gedacht, daß ich allerhand mitbringen will." Sie gab dem This den Korb. Schweigend ging sie nun neben ihm den Berg hinauf, denn sie war tief in ihren Gedanken versunken. Ihr braver Franz Anton war ihr ganzer Stolz und ihre Freude. Sollte er wirklich erkrankt sein? Konnte die Krankheit gefährlich sein? Ihre Angst wurde immer größer, je näher sie der Sennhütte kamen, Jetzt waren sie oben—nur noch einige Schritte—der bekümmerten Mutter zitterten die Knie, sie konnte fast nicht mehr weiter. Jetzt trat sie ein. Es war niemand da. Sie schaute überall umher und zu dem Heuboden hinauf. Dort lag ihr Sohn tief im Heu drinnen, sie konnte ihn nicht recht sehen. Mit klopfendem Herzen stieg sie die Leiter hinauf.

Der This blieb ehrerbietig draußen vor der Tür stehen, nur den Korb schob er in die Hütte hinein. Als die Mutter sich jetzt angstvoll über ihren Sohn beugte, schlug dieser seine blauen Augen auf, streckte ihr fröhlich seine Hand entgegen, setzte sich auf und sagte munter: "Grüß dich Gott, Mutter! Das freut mich, daß du da bist. Ich habe aber geschlafen wie ein Bär, die ganze Zeit, seit der This fortging." Die Mutter starrte den Sohn an, halb in Freude, halb in Schrecken, sie wußte gar nicht, was sie denken sollte. "Franz

Anton", sagte sie jetzt ernsthaft, "was ist mit dir? Redest du im Fieber, oder weißt du, daß du mich hast holen lassen?"

"Ja, ja, Mutter", lachte jetzt der Franz Anton, "jetzt bin ich ganz bei mir und das Fieber ist vorbei. Aber alle Glieder zitterten mir noch, ich konnte nicht herunterkommen und wollte doch so gern mit dir reden. Ich fühl's auch jetzt noch in den Knien zittern, ich käme noch nicht weit."

"Aber was ist's denn, was war es denn, Franz Anton? Sag mir's doch", drängte jetzt die Mutter und setzte sich auf das Heu neben den Sohn.

"Ich will dir nun alles berichten, Mutter, eins nach dem anderen", sagte er, indem er sich an einen Heuballen lehnte. "Sieh einmal zuerst dort unten das schmale, magere Büblein an, das kein gutes Stück Gewand auf dem Leib hat, dem keiner ein gutes Wort sagt und den jeder nur den dummen This nennt."

Die Mutter schaute zu dem This hin, der wie ein Sperber nach dem Senn hinaufspähte, ob er etwa wieder umfallen wolle.

"Und jetzt?" fragte die Mutter gespannt.

"Der hat mir das Leben gerettet, Mutter! Wenn dieses Büblein nicht gewesen wäre, so läge ich jetzt noch draußen auf dem Boden in einem tödlichen Fieber, oder vielleicht wäre es auch schon vorbei mit mir." Und jetzt erzählte Franz Anton alles, was sich seit gestern nachmittag zugetragen hatte. Wie der This ihn die ganze Nacht nicht verlassen und ihn erquickt und gepflegt hatte, so wie der gescheiteste Mensch auf der Welt es nicht besser hätte tun können.

Die Mutter mußte sich mehrmals die Tränen abwischen. Sie

stellte sich vor, wenn ihr Franz Anton allein und verlassen in seinem Durst da draußen gelegen hätte und vielleicht vom Fieber ganz verzehrt worden wäre, und kein Mensch hätte etwas von ihm gewußt. Und jetzt stieg ein Dank und eine Freude in ihrem Herzen auf, daß sie laut ausrufen mußte: "Gott sei Lob und Dank! Gott sei Lob und Dank!" Aber auch eine solche Liebe zu dem armen This überkam sie, daß sie ganz eifrig sagte: "Franz Anton, der This geht mir nicht mehr zur Frau des Hälmli-Sepp zurück! Sicher hat der arme Bub Hunger gelitten, und in Schmutz und Fetzen hat sie ihn laufen lassen. Heute noch nehme ich ihn mit mir, und morgen mache ich ihm ein Gewand, daß man ihn ansehen darf. Er muß es nicht schlecht haben bei uns, wir wollen nicht vergessen, wie er dir geholfen hat."

"Das ist nun gerade, was ich wünschte, Mutter, aber ich mußte doch zuerst wissen, was du dazu sagst. Und jetzt hast du dasselbe Vorhaben und schon alles ausgedacht, wie es nicht besser sein könnte. Es geht nichts über eine Mutter!" Und der Franz Anton schaute sie so voller Glück und Liebe an, daß es ihr im Innersten wohltat und sie bei sich dachte: Es geht auch nichts über einen wohlgeratenen Sohn. Dann sagte sie: "Jetzt mußt du etwas essen, Franz Anton, daß du wieder zu Kräften kommst. Ich habe frische Eier und ein Weißbrot mitgenommen, und jetzt will ich Feuer machen, laß dir Zeit zum Herunterkommen." Das mußte der Franz Anton auch tun, denn er schwankte noch ein wenig. Aber es ging. Er kam herunter und winkte jetzt den This zum Tisch heran, an den er sich selbst niedergesetzt hatte.

"This", sagte er jetzt, dem Buben freundlich in die Augen schauend, "willst du ein Senn werden?"

Der This fing an zu lächeln, aber dann hörte er plötzlich die vernichtenden Worte, die er von allen Seiten hundertmal vernommen hatte: "Aus dem wird nie etwas,", "der kann nichts", "der wird nichts". Und schüchtern antwortete er. "Ich kann nichts werden."

"This, ein Senn wirst du", sagte der Franz Anton mit Bestimmtheit. "Du hast dich gut genug angestellt bei deiner ersten Arbeit. Nun bleibst du bei mir und trägst Milch und Wasser und hilfst mir bei allem. Und ich zeige dir, wie man buttert und Käse macht und sobald du groß genug bist, steckst du die Arme in den Kessel und bist mein Gehilfe."

"Hier in der Schwemmebachsennhütte?" fragte This, dem die Aussicht auf diese Glückseligkeit ganz unfaßbar war.

"Alles hier, in der Schwemmebachsennhütte", bestätigte der Franz Anton.

Auf das Gesicht des This kam jetzt der Ausdruck eines so strahlenden Glücks, daß der Senn ihn nur ansehen mußte. Der Bub war wie verwandelt. Das bemerkte auch die Mutter, als sie eben den großen Eierkuchen auf den Tisch stellte, den sie gebacken hatte. Sie streichelte den Buben und sagte: "Ja, Thisli, heute wollen wir miteinander fröhlich sein und morgen auch noch. Und alle Tage wollen wir dem lieben Gott dafür danken, daß er dich gerade zur rechten Zeit in die Nähe vom Franz Anton geschickt hat, wenn schon kein Mensch begreift, warum du da heraufgekommen bist."

Jetzt begann das fröhliche Essen, und noch nie in seinem ganzen Leben hatte der This so viele gute Sachen auf einem Tisch zusammen gesehen. Denn zu dem Eierkuchen hatte die Mutter das frische Weißbrot hingelegt und daneben Butter und weißen Käse. Und mitten auf dem Tisch stand eine große Kanne voll dickrahmiger Milch. Von allem legte jetzt die Mutter große, dicke Stücke vor den This hin, und wenn er fertig war, gab es gleich noch einmal so viel.

Als gegen Abend die Mutter sich zum Heimgehen bereitmachte, sagte sie: "Franz Anton, ich habe mich anders besonnen, der This muß bei dir oben bleiben, bis du wieder ganz gesund bist. Er kann dir helfen, wo es nötig ist. Der Frau des Hälmli-Sepp will ich schon alles berichten."

Das war dem Sennen recht, und für den This war es das höchste Glück, das er erreichen konnte. Nun war er wirklich daheim beim Franz Anton. Nicht mehr verborgen unter den Tannenbäumchen hörte er heute den Nachtsegen, er stand unter dem Sternenhimmel neben dem Senn, als dieser seine Hände faltete und sagte: "Komm, This, nun beten wir den Abendsegen." Andächtig faltete auch er seine Hände, und als am Schluß der Senn sagte: "Gute Nacht geb euch Gott!", da war das Glück im Herzen des This so groß, daß er gern überlaut allen Menschen auf der ganzen Welt sagen wollte: 'Gute Nacht geb euch Gott!'

Noch an demselben Abend ging die Sennenmutter hinüber zu der Frau des Hälmli-Sepp, die mit ihren drei Buben und Lisi vor dem Haus stand und gerne verstehen wollte, was ihre Kinder alle auf einmal erzählten. Die Sennin hörte, daß von Franz Anton die Rede war, dessen Unfall der Melker berichtet hatte. Als sie nun der Frau des Hälmli-Sepp erklärte, daß sie mit ihrem Sohn übereingekommen sei, sie wollten den This bei sich annehmen, da machte die Frau einen großen Lärm. Sie sagte, sie sollten doch lieber einen von ihren drei Buben nehmen, die seien für den Senn eine größere Hilfe als der dumme This. Und die Buben schrien alle aus vollen Hälsen: "Mich! Mich! Mich!" Denn sie wußten wohl, wie gut der Franz Anton war, und was es in der Sennhütte für gute Dinge gab. Da half aber alles Schreien und Bitten nichts.

Die Sennin sagte ganz ruhig, sie bleibe beim This, und sie kenne ihn schon, er habe mehr Herz und Verstand als mancher, der ihn den dummen This nenne. Sie wolle auch die Buben warnen, sie sollten jetzt das Hänseln und Verspotten unterlassen, sonst hätten sie es mit ihrem Sohn zu tun. Der rede dann mit seinen kräftigen Armen eine deutlichere Sprache mit den Buben, als sie es jetzt könnte. Dann verließ die Sennin die Leute, die ihr alle ganz stumm und verblüfft nachschauten, und jedes der Kinder dachte bei sich: Wenn ich doch nur der This wäre, der wird's gut haben, wie ein König wird er da oben in seiner Sennhütte leben. Wo aber von dem Tag an der This sich sehen ließ, liefen ihm die Buben alle nach, und jeder wollte sein bester Freund sein. Denn sie mußten alle an den letzten Käsfischtag denken, als der This so übel behandelt worden war. Von nun an würde er ja gewiß alle Käsfische allein bekommen, da wäre doch jeder gut daran, der sein Freund wäre. Und später waren sie auch alle gut daran, denn dem This machte es die größte Freude, die reiche Ernte der Käsfische unter allen gerecht aufzuteilen. Und er konnte sich nicht genug darüber wundern, wie freundlich jetzt alle Kinder zu ihm waren. Er wurde nie mehr ausgelacht. Als er vor niemandem mehr Angst hatte, da zeigte sich zur Überraschung aller, daß er auf einmal ein ganz flinkes, geschicktes Bürschchen war, von dem jeder sagen mußte: "Entweder ist das nicht derselbe Bub, oder man hat niemals ein Recht gehabt, ihn den dummen This zu nennen." Sogar der Herr Pfarrer sagte nach einiger Zeit, sein liebster Schüler im Unterricht sei jetzt der This. Denn bei allem, was er antwortete, habe er einen klaren Gedanken, und die anderen Buben könnten ihn sich alle zum Vorbild nehmen.